Joko G. Winterscheidt

Das G steht für Gurki

Wichtiger Hinweis
Das vorliegende Buch ist als satirische Hommage an den sympathischen Fernsehmoderator zu verstehen. Alle darin enthaltenen Geschichten entspringen der Phantasie des Lauch Verlags.

"Ich zähle mit 80 Angestellten zu den Mittelständlern und ich hoffe und denke, dass die CDU gerade für Mittelständler mehr tun wird, als es bisher die SPD getan hat."

Udo Walz

GEWIDMET

Katrin Bauerfeind

Ich mag dich

Vorwort

Mein lieber Joko. Mann, jetzt hast du auch deine Biographie. Geil, Alter. Ich weiß ehrlich gesagt gar nicht, womit ich anfangen soll. So viel Lustiges erleben wir zwei immer gemeinsam. Manche Gespräche verbringen wir beide ja fast ausschließlich mit Lachen. Schöneres kann ich mir nicht vorstellen. Wir zwei hatten schon so viel Spaß und es freut mich immer wieder aufs Neue, wenn wir uns bei Autofahrten "Lachen Weinen Tanzen" anhören. Immerhin bist du der einzige meiner Freunde, der die CD von selber vorschlägt.

Wenn wir uns nicht gerade vor lauter Lachen über den Boden wälzen, finden wir zwei immer auch Zeit für ernsthafte Gespräche. Mit keinem denke ich mir so gerne neue Business Ideas aus, wie mit dir. Da wir beide reich sind, können wir diese Ideen nämlich auch umsetzen. Mit der Mode wird das schon noch werden. Aktuell gefällt mir jedenfalls unser neuestes Projekt. Aber darüber wirst du den Lesern später bestimmt noch selber erzählen.

Bei jedem guten Vorwort darf auch eine nette Anekdote nicht fehlen. Ich glaube das Erste, was du mir beim Brainstorming zu "Der Nanny" erzählt hast war, dass du riesigen Respekt vor Sex Szenen hast. Erstens kam es dir absurd vor, mit einer wildfremden Person einfach wie auf Knopfdruck rumzumachen. Zweitens hattest du Bedenken, dass du mit einer überaus attraktiven Partnerin deine Begeisterung unter Umständen kaum zurückhalten könntest. Verlegen hast du gemeint, dass dir das bestimmt sehr unangenehm sein würde, wenn du, nur mit Unterhose bekleidet, durchs Set laufen müsstest und jeder deine Begeisterung völlig offensichtlich an deiner, bis zur äußersten Dehnbarkeit strapazierten, Unterhose klar erkennen könnte.

Ich kann dir jetzt verraten, lieber Joko, dass an jenem Abend für mich feststand, dir auf jeden Fall eine solche explizite Szene in deine Rolle zu schreiben. Der Streich wurde umso besser, als ich beim Schreiben des Drehbuchs feststellte, dass für deine Figur eine Sex Szene in Wahrheit total überflüssig war. Diese Tatsache ermöglichte mir nun also eine absolut sinnlose Szene zu planen, die deine Entschlossenheit Schauspieler zu werden auf eine harte Probe stellen würde.

Einen weiteren Abend nutzte ich dazu, dir mehrere Fotos von Laienschauspielerinnen zu zeigen. Unter dem Vorwand für eine Party Szene ein paar Mädels auszusuchen entlockte ich dir genau die Informationen, die ich brauchte. "Boah, die ist aber mega hübsch, die nehmen wir", hast du zu einer Bewerberin gemeint.

August, so hieß deine Rolle in "Der Nanny". Und Ich merkte mit Vergnügen, wie du zunehmend aufgeregter wurdest, je näher der Drehtag mit dem Programmpunkt: "Dreh der Szene - August ist begeistert" rückte. Carolin K. war überpünktlich. Schon bei der Art und Weise, wie du sie begrüßt hast, musste ich mich gewaltig zusammenreißen, nicht lauthals aufzulachen. "Hallo, ähm ich bin der Joko", nuschelste du, das Gesicht schon leicht gerötet. Ich glaube, dass selbst Leute aus 100 Metern Entfernung erkannt hätten, wie unangenehm dir das alles war. Ich hab noch nie jemanden gesehen, der sich so umständlich bis auf die Unterhose ausgezogen hat wie du an diesem Tag.

Wie du mir in einer Tour vollkommen überflüssige Fragen gestellt hast war einfach zu amüsant. Wird die Szene eigentlich gut belichtet? Aus welcher Perspektive filmt denn die Kamera? Oder am besten: Matthias, weißt du ob es am Buffett noch Nusshörnchen gibt? Ich hab nämlich Hunger. Vielleicht sollte ich sicherheitshalber noch eines holen. Das ganze Theater nur, weil du mit aller Macht den bevorstehenden Moment so weit wie möglich hinauszögern wolltest.

Wochen später, wie sich deine Verlegenheit endlich wieder gelegt hatte, kamst du dann zu mir und fragtest mich: "Und Matthias, wie siehts jetzt eigentlich mit der einen Szene aus. Ist die was geworden?" "Welche Szene?", fragte ich unschuldig, den Unwissenden mimend. "Na du weißt schon, die eine mit der Carolin?", flüstertest du, ganz leise. "Ach so die. Nee, die war nichts, haben wir rausgeschnitten"

Da konnte ich mein Lachen nicht mehr zurückhalten. Ich explodierte förmlich. Das ganze Lachen, das ich mir die letzten Tage verkneifen musste, wollte jetzt aus mir heraus. "Mann, Joko. Ey, war doch nur Spaß."

Für Momente wie diese und für unsere Freundschaft im Allgemeinen möchte ich mich bei dir bedanken Joko. Ich kann es gar nicht erwarten, was wir noch alles für Späße erleben.

Dein bester Freund

Matthias Schweighöfer

Meine Heimat

Wie viele von euch bestimmt wissen, bin ich Gladbacher. An den Tagen, an denen Klaas regelmäßig in Leipzig ist, beginnt es bei mir schon frühmorgens zu kribbeln. Wen stellt der Trainer auf? In welcher Verfassung treten die Jungs heute auf? Wird meinem Helikopter diesmal wieder ohne großen Aufhebens Landeerlaubnis am Stadion Gelände erteilt? Berechtigte Fragen wie diese schwirren mir beim Aufwachen durch den Kopf.

Während ich Klaas vor Kurzem dabei ertappte, wie er gedankenverloren mit seinem alten Wolfsburg Schal durchs HalliGalli Studio flanierte, obwohl er ja jetzt RB Fan ist, ist bei mir so ein Fauxpas undenkbar. Vor Spieltagen schlüpfe ich immer in meinen Borussia Pyjama und hol meine Borussia Bettwäsche aus dem Schrank. Am Spieltag dann wechsle ich morgens von Pyjama gleich ins Trikot. Dazu sei gesagt, dass ich mir jedes Jahr das aktuelle Heimtrikot kaufe und mit dem Namen "Joko" und der Nummer "1" (bin ja ich) beflocken lasse.

Während Klaas schon sein ganzes Fan-Leben lang vornehm in den Logen-Platz nimmt, aktuell am liebsten neben Ralf Rangel, wie er ihn freundschaftlich nennt, war ich früher durchaus im Fanblock anzutreffen. Im Bökelbergstadion stand ich immer in der Kurve und brüllte 90 Minuten lang inbrünstig "Borussia, Borussia". Lieder wie "Die Elf vom Niederrhein", "Es gibt nur eine Borussia" und "Schalalalalalalalalala VfL Borussia" kenne ich noch heute auswendig und summe sie leise mit, wenn ich in meiner Loge das Anstimmen der Lieder vernehme. Ursprünglich erlebte ich die Spiele im neuen Borussia-Park auch noch von der Nordkurve aus.

Als ich aber 2015 in das Startup GoButler investierte, wurde mir die Nordkurve schnell zu umständlich. Die Wartezeit war mir viel zu lange, als ich mir über die App mal schnell eine Bratwurst und ein Bier bestellte. Es scheiterte schon daran, dass dem armen Berliner Butler kein Zutritt ins Stadion gewährt wurde. Bis dass er sich um 300€ ein Schwarzmarkt Ticket besorgen konnte, war die Wurst kalt und mit dem 300€ Aufschlag auch ganz schön teuer. Geld spielt bei mir zwar keine Rolle, im Sinne der Menschlichkeit wechselte ich aber nach dem Bratwurst-Zwischenfall von der Nordkurve in eine

Loge. Dort ist seither auch immer ein Platz für einen Butler reserviert, der meinen Gästen und mir alle Wünsche von den Lippen abliest.

Ein weiterer augenscheinlicher Vorteil meiner Loge ist, dass ich sie nennen kann, wie ich will. Wenn schon unser Borussia Mannschaftsbus nicht Joko heißen darf, dann wenigstens meine Loge. Mittlerweile ist natürlich längst Gras über die Sache gewachsen. Aber gefreut hätte es mich damals schon sehr, wenn sie den Mannschaftsbus "Joko" getauft hätten. Einmal bot mir Hans Meyer im Traum an, das Stadion von Borussia-Park in Joko Arena umzubenennen. In vorgespielter Bescheidenheit lehnte ich ab. Wenn es schon beim Mannschaftsbus solche Aufstände gegeben hatte, wie würde es dann erst sein, wenn es um den Namen des Stadions geht?

Ganz los ließ mich der Gedanke aber doch nicht. Gleich nach dem Aufwachen klappte ich meinen Laptop auf. Seit dem Erscheinen ist SimCity mein absolutes Lieblingscomputerspiel. Regelmäßig baue ich in meiner Freizeit an Joko City. Einer mittlerweile zu beachtlicher Größe angewachsenen, modernen Mega-Stadt. Glücklicherweise hatte ich im Zentrum der Stadt noch Platz für mein frühmorgendliches Bauvorhaben. Im Stile von Schloss Versailles gebaut, liegt im Zentrum meiner Stadt die Villa Joko. Der Name Villa Joko ist mir in einem Anflug von übertriebenem Understatement eingefallen, vielmehr als eine Villa ist die Villa Joko nämlich ein prunkvolles Renaissance Schloss, umgeben von prächtigen Gärten. In eben jenen Gärten fällte ich sogleich ein paar Palmen und schuf so Platz fürs neue Stadion in Joko City, das selbstverständlich 1:1 dem Borussia-Park gleicht. Vor dem Einschlafen schalte ich seitdem gerne nochmal kurz meinen Computer ein und lese mit Stolz den Schriftzug am Stadion:

Joko Arena - GEZAHLT VON JOKOS EIGENEM GELD

Joko Style Guide

Einen Modellmann wie mich, mit einem Gardemaß von ein 1,90 Metern, gilt es natürlich entsprechend zu kleiden. Es kümmern sich freilich mehrere Leute um meinen Style, der wichtigste Entscheider bin aber ich mit meinem exzellenten Geschmack. Vor Sendungen werden mir beispielsweise verschiedene Outfit-Varianten vorgeführt. Anschließend entscheide ich mit meiner hervorragenden Intuition, welchem Style die Ehre zuteil wird, von mir getragen zu werden.

Nachvollziehbarerweise gibt es nach nahezu jedem meiner öffentlichen Auftritte großes Interesse meinen Stil betreffend. Facebook Messages wie diese von Verena B.: "Wow!!! 😍😍 Joko, mit deinem Outfit gestern Abend hast du dich wieder einmal selbst übertroffen 😘 Wie machst du das immer? Mein Freund könnte ein paar Tipps gut gebrauchen. Er will nämlich auch so cool sein wie du 😉 " erreichen mich quasi täglich.

Auf meinem erfolgreichen YouTube Kanal (mehr als 120.000 Abonnenten!) versuche ich Anfragen wie dieser gerecht zu werden. Unter einer Vielzahl hilfreicher Tutorials findet sich auch eines mit dem Namen "DRESS LIKE JOKO TUTORIAL". In diesem bin ich bereits auf die Basics eingegangen, um der breiten Masse meinen gelungen Style näherzubringen. ~~Für all jene, die das Video noch nicht gesehen haben,~~ Bestimmt haben alle von euch den Beitrag bereits gesehen. Dieses Buch, meine Biographie, möchte ich nun dazu nutzen, um über die Basics hinauszugehen und noch ausführlicher in die Materie einzudringen.

Wie bereits im YouTube Tutorial erwähnt, ziehe ich zuerst meistens die Unterhose und Socken an. Das ist einfach am praktischsten so. Obwohl ich seltsamerweise noch auf ein Angebot für eine Calvin Klein Fotokampagne warte, bevorzuge ich die Fabrikate dieser Marke. Bei den Socken ist der Fall noch klarer. Spätestens seit meinem Investment und vor allem seit meinem sympathischen Werbeauftritt, trage ich ausschließlich "von Jungfeld" Socken. Am liebsten ist mir das Modell NAVARRA - knallige rote Socken. Wenn mir die von Jungfeld Jungs den richtigen Betrag überweisen, bin ich allerdings auch gerne bereit andere Modelle zu tragen.

Als Hose verwende ich, ganz volksnah, Jeans oder abgetragene Chino Hosen. Wenn ich ein Shirt anziehe, dann am liebsten einfarbige, zum Beispiel in Schwarz oder Weiß. Viel wichtiger aber sind mir meine Hemden. Wenn jemand meinen (begehbaren) Kleiderschrank betritt, fallen derjenigen oder demjenigen zuallererst stets die unfassbare Menge an Hemden auf. Neben den klassischen, einfarbigen Hemden sind es vor allem Karohemden, die in allen möglichen Farbvarianten den größten Teil meiner Hemden-Sammlung ausmachen. Besonders gern mag ich übrigens Hemden von Farah, die passen mir einfach wie angegossen.

Um den coolen Joko Star Look abzurunden, fehlen jetzt nur mehr 3 Schritte:

Erstens setze ich mir meine Brille auf. Meine Brille mag ich nicht nur, weil ich damit so gut sehen kann, sondern auch, weil ich mit ihr so intelligent wirke. "Megagut schaust du heute wieder aus, du schlauer Uniprofessor du!", raune ich mir morgens nach dem Zähneputzen und dem darauf folgenden Aufsetzen meiner Brille, mich selbst im Spiegel betrachtend, stets zu.

Zweitens schnappe ich mir im nun vorletzten Schritt eine meiner Caps. Kauft euch einfach eine Kappe mit dem Emblem irgendeiner amerikanischen Sportmannschaft drauf. Ihr braucht dabei keinen Spieler kennen, geschweige denn welche Sportart dieses Team überhaupt ausübt. Wichtig ist einfach, dass es aus Amerika kommt, weil das die Leute praktischerweise automatisch cool finden. Alternativ könnt ihr euch natürlich auch eine CHG Kappe aus dem Circus HalliGalli Shop kaufen. Der Vorteil daran ist, dass ich dadurch Geld verdiene, welches ich direkt wieder in ein neues Startup stecken kann.

Im dritten und letzten Schritt tausche ich meine Birkenstock, die ich neuerdings mit Begeisterung und dazugehörender Ökoarroganz trage, gegen Sneaker. Am liebsten mag ich adidas und Nike Schuhe. Besonders häufig entscheide ich mich dabei für Modelle in Weiß. Es gefällt mir einfach, mit blendend weißen Schuhen durch die Gegend zu laufen. Leider sind die Schuhe sehr schmutzempfindlich. Oft passiert es mir, dass sie schon nach dem ersten Tragen dreckig sind. Aber macht ja nix, kauf ich mir die Schuhe eben nochmal neu.

Urlaub mit der Joko Gang

Eine erfrischend kühle Brise Wind streicht durch mein Haar. Ich fühle mich angenehm daran erinnert, wie ich für "Das Duell um die Welt" Michael Jacksons "Earth Song" performen durfte. Fast alle meine Freunde sind schon da. Matti, Klaas, Sabine, Violetta, Palina, Katrin, Jared, Jan, William, Till, H.P., Fahri, Christian, Eko, Tim usw. Mein Hawaii Hemd trage ich, ganz entspannt, geöffnet. Meine athletische Brust wird so von den ersten sommerlichen Sonnenstrahlen gekitzelt und gebräunt. "Ach, wie herrlich, Mann", denke ich. Es ist Urlaubszeit.

Ein paar Minuten später sind alle versammelt und wir betreten das Schiff, auf dem wir die nächste Woche durch die Karibik schippern werden. Urlaub wie die Stars. Beim Betreten des Kahns muss ich beinahe schmunzeln. Die Woche zuvor hatte nämlich Cristiano Ronaldo das Boot gemietet, eine weitere Woche davor genoss Justin Bieber den Luxus unserer Urlaubs-Yacht. Manchmal erstaunt es mich selbst, in welchen Sphären des Ruhms ich mich mittlerweile bewege. Ich verkehre auf Augenhöhe mit den Weltstars. Ich bin ein Weltstar.

Mein bester Freund Matti und ich haben diesen Ausflug mit viel Liebe zum Detail geplant. In dieser einen Woche wird es uns also weder an Unterhaltung, noch an exquisiten Speisen und vorzüglichen Getränken fehlen. Mein Rucksack ist voll mit einer ganzen Menge lustiger Party-Spiele. Alles habe ich mit dabei. Den Idiomat 3000, eine Augenbinde für Blinde Kuh, ein Bagger Quartett. Das hab ich gratis bekommen, als ich mir damals meinen Bagger gekauft habe. Voll nett. Matti und ich spielten das Bagger Quartett seither eigentlich so gut wie bei jeder Gelegenheit.

H.P. schaut sich beim Betreten der Yacht sofort mit zusammengekniffenen Augen um. Irgendetwas sucht er. Ah, da hat er das Objekt seiner Begierde schon entdeckt. Zielstrebig steuert er die Turntables an. Allerdings ist er nicht der einzige mit diesem Vorhaben. Offensichtlich schwebt auch Sabine ähnliches vor. Sabine ist, wie immer zu besonderen Anlässen, in ihr glitzerndes Diskokugel-Outfit gehüllt. Fast gleichzeitig erreichen die beiden die Bühne. Kurz blicken sie sich wortlos an. Sabines Augen blitzen entschlossen, H.P. schaut eigentlich wie immer drein. Uns allen ist klar, was folgen muss. Die ganze Gruppe bildet einen Kreis um H.P. und Sabine. Kein Weg führt jetzt an einer gepflegten Rangelei vorbei. "Rangeln, Rangeln, Raaangeln!", schreien wir alle, voller Begeisterung. Und schon kullern H.P. und Sabine über den Boden. Sabine steht auf, hüpft geschmeidig gegen die Reling und vollführt gekonnt einen Rückwärtssalto. Da hat wohl jemand viel Wrestling angeschaut. Jedenfalls ist sie großer Fan davon, seit Tim in der Sendung zu Besuch war. Tim ist auch der erste der anerkennend in die Hände klatscht, als Sabine den "Springboard Moonsault" Wrestling Move mit einer gezielten Landung auf H.P. finisht. "Aaah, Auauaua", winselt H.P.. Friede? Friede! Sabine kichert fröhlich: "Willste gemeinsam Musik machen, H.P.?" Hans-Peter nickt freudig. H.P. macht sich gleich daran, für Beats zu sorgen und Sabine beginnt mit ihren Einsingübungen. Eine Woche kultige Sabine Vocals gemixt mit Scooter Musik, Herz was willst du mehr?

Nach dieser Aufregung machen Matti und ich es uns auf Deck gemütlich. Matthias packt seine Sonnencreme aus und lässt sich von Violetta sorgfältig seinen Körper einreiben. Währenddessen mische ich die Bagger-Quartett-Karten. Yeah, ich hab megagute Karten. Liebherr Bagger gehören echt zu den besten, der LH 631 C ist besonders gut. "Leistung", wähle ich. "57 PS", seufzt Matti. "Ahahahaha. 160!" "Hihihihi", lacht Matthias bekannt hoch, schrill und laut. Die nächsten 10 Minuten verbringen wir mit Lachen. Das ist etwas, was ich so mag an uns zwei. Manchmal verbringen wir ganze Abende nur mit Lachgesprächen. Wenn ich lache, findet er das so spaßig, dass er gleich selber lachen muss. Das wiederum finde ich so lustig, dass ich gleich umso mehr lache. Dieser Kreislauf schaukelt sich dann immer weiter hoch. Lachkarussell, nennen wir das.

Vor lauter Lachen sind unserer Gesichter schon ganz rot angelaufen. Tränen der Freude spritzen aus unseren Augen. Plötzlich jedoch wird unser lautstarkes Gelächter von einem lauten Klirren unterbrochen. Irgendwo an Board muss gerade eine Flasche in tausend Teile zersplittert sein. Für eine zweite Runde Rangeln ist es eigentlich noch zu früh. "Wirf mal kurz den Anker raus, Käpt'n Iglo.", ruft Matti unserem Kapitän zu. Käpt'n Iglo? Ich kann einen weiteren Lachanfall nicht zurückhalten. MatzePopatze hat es also wirklich geschafft. Vor einer Woche hat er mich nämlich angerufen, um mich zu fragen, ob wir eigentlich schon einen Kapitän für unseren Yacht-Urlaub gebucht haben. "Frag doch einfach Käpt’n Iglo", scherzte ich. "Mit dem haben wir gleich Käpt’n und Koch in einem." Dass Matthias meinen Scherz so wörtlich nimmt, hätte ich nicht gedacht. Aber tatsächlich, der leibhaftige Käpt’n Iglo steht vor mir. Genau wie in der Werbung trägt er seine elegante Kapitäns Uniform. "Ich freu mich schon auf eine Woche Fischstäbchen, Käpt'n Iglo!" Ich klopfe ihm noch auf die Schulter und mache mich mit Matti auf den Weg, um dem Ursprung des Klirr-Geräusches nachzugehen.

"Du Spacko!", das klingt nach Till. Streitet der sich etwa schon wieder mit Jan? Natürlich, was denn sonst. Die beiden kann man aber auch wirklich nicht alleine lassen. "Selber Spacko", äfft Jan jetzt Till nach. Dabei ist sein Kopf bereits rubinrot angelaufen. Allerdings liegt das nicht an einem Lachanfall, wie Matthias und ich ihn gerade erlebt haben, sondern daran, dass Jan, fest gefangen in Tills Schwitzkasten, um Luft ringt. Aus Jans Mund schäumt es vor Wut. Mit seinen

Händen schlägt er wie wild um sich, um sich aus Tills festem Griff zu befreien. "Hyper, Hyper", brüllt Sabine im Hintergrund in ihr Mic. Angespornt von Sabines Zuruf trifft Jans Ellenbogen genau in Tills Körpermitte. Dorthin, wo es besonders weh tut. Till schreit schmerzerfüllt auf. Für ein paar Sekunden steht er regungslos da. Jan weiß das sogleich zu nützen. Er schnappt sich einen Schwimmreifen und stülpt ihn so über Till, dass dieser seine Hände kaum noch bewegen kann. Seine Schmerzen mit Mühe unterdrückend taumelt Till auf Jan zu. Jan aber weicht geschickt aus. Till will ihm natürlich nach, stolpert aber. Er wankt kurz, fällt dann aber krachend direkt auf den Beistelltisch, auf dem die Schampusflaschen-Schachtel steht. Wie die eine Flasche zuvor, zerbrechen nun auch noch die restlichen Flaschen der Schachtel in tausend Stücke. Was für eine Sauerei. Hat das jetzt wirklich sein müssen? Auf Zehenspitzen balanciere ich, den vielen Scherben ausweichend, auf die Schachtel zu, um zu sehen, welchen Champagner es denn erwischt hatte. "Mann, da hat eine Flasche 1000€ gekostet." Wir alle lachen. Gott sei Dank hat es diese Flaschen erwischt. Hätten ja auch die wirklich teuren sein können. Glück gehabt.

Investment Joko

"*Wie kommt man zu einem kleinen Vermögen?*
In dem man ein großes so wie Joko anlegt."
- Witz in Vermögensberater-Kreisen

Die Investmentbranche ist mir über die Jahre sehr ans Herz gewachsen. Angefangen hat alles damit, als ich nicht mehr wusste, wohin mit meinem Geld. Auch wenn diese Situation damals nicht leicht war #richpeopleproblems, muss ich inzwischen sagen, dass mir wohl kaum etwas Besseres passieren hätte können.

Vor Meetings nehme ich mir Zeit für mich. Ich genieße ein Schaumbad, lasse mich massieren und lausche Entspannungs-Playlists auf YouTube. Danach lasse ich mir meinen feinsten Anzug bringen, maßgeschneidert natürlich. Der erste Eindruck zählt, heißt es immer. Das stimmt auch. Man will den jungen Startup Fuzzis schließlich zeigen, wer der Chef im Haus ist, wer die Kohle hat. Auf den Weg zu den Meetings beginnt dann das Kribbeln. Am Treffpunkt angekommen fühle ich mich schließlich endgültig wie der Wolf of Wallstreet.

Investment Joko im Einsatz. Aus Spaß stecke ich mir anstatt eines Einstecktuchs meistens gleich ein paar 500 Euro Scheine in meinen Anzug. Die dürfen ruhig wissen, woher der Wind weht.

Ein kurzer Überblick über meine bisherigen Investments:

GoButler: Eine App die dir per SMS Kommando alle Wünsche erfüllt. Bei der Pitch Präsentation der Gründer konnte ich mich vor lauter Begeisterung kaum auf dem Sitz halten. Das war ja mal eine App, auf die die Welt gewartet hat. Genau nach meinem Geschmack. Ich malte mir gleich aus, wie praktisch es sein wird, wenn ich zukünftig vorm Fernseher liege, den Sender wechseln will, die Fernbedienung aber zu weit weg liegt. "Joko's got it", werde ich mir dann denken. GoButler. 1, 2, 3 und da wär ein zweiter Fernseher. Der Butler stellt mir gleich noch den richtigen Sender ein und ich schau mir einfach beides an. Meine Intuition hat mich in diesem Fall allerdings ein wenig getäuscht. Zumindest was den Deutschen Markt betrifft. Deutschland ist einfach noch nicht bereit für diesen bahnbrechenden Fortschritt. Für einen

Visionär wie mich ist es allerdings keine große Überraschung, dass die App in New York aber sehr wohl funktioniert.

German Garment: Ist zugegebenermaßen mehr ein Projekt als ein Investment. Zusammen mit meinem besten Freund Matti und 2 weiteren Kumpels mach(t)en wir Mode. Unser Ziel ist es, coole Mode, fair und nachhaltig in Deutschland produzieren zu lassen. Relativ bald mussten wir allerdings feststellen, dass das mit dem fair so eine Sache ist. In Deutschland sind die Produktionskosten einfach um ein Vielfaches höher, als in gewissen asiatischen Ländern. Diese Tatsache macht es nicht einfach, Mode für qualitäts- und zugleich preisbewusste Kundschaft anzubieten. Selbst die geballte Kraft der kombinierten Strahlkräfte von Matthias und mir reicht da nur bedingt aus. Um langfristig Gewinne zu erwirtschaften, braucht es mehr als das. Zurzeit ruht das Projekt also. Manchmal hab ich das Gefühl, dass diese Pause genau so eine Pause ist, wie wenn man eine Beziehung eigentlich beenden will, einem aber die Eier dazu fehlen und man sich deshalb darauf einigt: "Machen wir mal eine Pause." Das letzte Wort ist in dieser Angelegenheit aber noch nicht gesprochen. Für German Garment Fans besteht noch

Hoffnung. Auch wir sind ermutigt. Stand März 2017 diskutieren auf Facebook 5 Personen über German Garment. Freut uns, dass neben uns 4 Gründern noch jemand anderes darüber spricht.

von Jungfeld: Ich selbst betrachte mich durchaus als Modeikone. Daher musste ich nicht lange überlegen, als es um das Investment in "von Jungfeld" ging. Ich kann mich mit dem Marken Image total identifizieren, bin selber großer Fan bunter Socken. Wenn es euch an dieser Stellte noch nicht aufgefallen ist: Ich bin großer Anhänger authentischer Investments. Mein Geld stecke ich also nur in Firmen, die mich total begeistern. Die alleinige Aussicht auf bloße Gewinne ist mir zu langweilig. Ich finde ehrlich gesagt, das hat auch keinen Sinn. Zumindest für mich nicht. Mir ist es immer wichtig, dass ich selber total überzeugt vom Produkt bin. Ich stecke neben Geld nämlich durchaus auch Herzblut und Leidenschaft in meine Firmen. Bei GoButler ist das der Fall, bei German Garment auch und genauso gilt das für von Jungfeld. Natürlich hat es mir auch geschmeichelt, dass sie mich als Gesicht ihrer ersten großen TV Kampagne auserwählten. Es ist aber auch naheliegen, da es im deutschsprachigen Raum wohl kaum jemanden gibt, der bunte Socken mit solch einer Authentizität präsentieren kann, wie ich.

Muscatel: "Macht mal wieder was mit Saufen" ist das Feedback, das wir mit Abstand am häufigsten auf unsere Sendungen bekommen. Da ich für konstruktive Kritik immer offen bin, nahm ich mir diesen Satz zu Herzen und beteiligte mich an Muscatel. Muscatel macht Gin. Das Besondere daran ist, dass sie ihn in Deutschland brennen. Ich selber bin riesiger Gin Fan. Das heißt, meine Meinung über Gin ist durchaus eine mit Gewicht. Die Gründer haben es aber auch gut gemacht. An den Pitch kann ich mich ab Minute 2 nicht mehr erinnern. Parallel zur Präsentation der Plan Bilanz, Plan GuV usw. füllten mich die Jungs dermaßen ab, dass jede Erinnerung daran ausgelöscht wurde. Ein mega lustiger Tag war das, erinnerte mich an unseren "Duell um die Welt"-Trip nach Jamaika. Sexy Rexy hätte wohl auch nicht lange gefackelt. So saugut wie das Gesöff schmeckte, unterschrieb ich noch im Vollrausch alle wichtigen Papiere.

Creative Cosmos 15: Noch so ein Projekt mit Matti. Creative Cosmos ist eine Mischung aus Produktionsfirma und Werbeagentur. Einfach gesagt geht es darum, Firmen so gelungene Kampagnen zu bieten, wie ich es mit meinem von Jungfeld Auftritt vorbildhaft vorgezeigt habe. Authentische Stars und Celebrities bilden mit den passenden Firmen eine für beide Seiten sinnvolle Symbiose. Matti und ich spielen also Werbe-Parship. Wir versuchen das (Wunsch-)Image einer Firma genau zu ergründen und finden, darauf aufbauend, das dazu passende Werbegesicht.

Wie ich zu Beginn dieses Kapitels schon angesprochen habe, ist der Eindruck, den man bei Meetings macht, eine sehr entscheidende Komponente. Damit auch ihr zukünftig so brillieren könnt wie ich, verrate ich euch zum Abschluss dieses Kapitels meine erfolgreiche JOKO Methode. In 10 einfachen Schritten kann nämlich ein jeder einen überzeugenden Auftritt hinlegen.

Wie euch bestimmt auch, ist es mir wichtig, bei Meetings intelligent rüberzukommen. Teilweise reicht meine Hornbrille dazu nicht aus. Speziell wenn ich ständig in Tagträume abschweife und mir vorstelle, wie es wäre, wenn Cobie Smulders unsere Sendung doch noch als Gast beehrt. Um das zu vermeiden, wende ich mit Erfolg diese 10 Tricks an.

Jokos 10 Lieblingsticks, um einen intelligenten Eindruck bei Meetings zu erwecken

1. Die Venn-Diagramm Zeichnung

Dabei stehe ich spontan einfach auf und zeichne ein Venn-Diagramm auf das Flipboard. Eine hervorragende Methode, um intelligent zu wirken. Es spielt dabei überhaupt keine Rolle, ob mein Venn-Diagramm komplett falsch ist. In Wahrheit gilt sogar: Je falscher, umso besser. Meistens beginnt schon, bevor ich den Marker wieder hingelegt habe, das, was ich eigentlich damit bezwecken will. Die übrigen Anwesenden verfallen in ein Streitgespräch darüber, wie die Beschriftung auszusehen hat oder welche Größe die Kreise haben sollten. Das ist der Moment, den ich entspannt dazu nutzen kann, mich zurückzulehnen und weiter Push-Up T-Rex auf meinem iPhone zu spielen. Push-Up T-Rex ist nämlich mein Lieblingsspiel. Es geht darum einem kleinen T-Rex zu helfen Liegestütze zu machen. T-Rex find ich einfach witzig.

Das so ein riesengroßer Dino so kurze Ärmchen hat, hat mich schon als kleines Kind fasziniert. Mein T-Rex ist schon fast so weit. Ein Venn-Diagramme noch und er macht seine Liegestütze.

2. Verwandle Prozentangaben in Bruchangaben

Dazu ein Beispiel. Jemand im Raum sagt "Ca. 75% aller Viewer mögen Frank Tonmann", dann werfe ich schnell ein: "Also drei von vier und" trinke einen Schluck aus Wasser, das immer bereitsteht und mache mir eine Notiz auf meinem Block. Daraufhin nicken alle zustimmend, im Geheimen tief beeindruckt von meinen mathematischen Fähigkeiten.

3. Die Runde ermahnen, sich "aufs Wesentliche zu besinnen"

Ihr kennt bestimmt alle diesen gewissen Punkt in Meetings, an dem bereits alle etwas beigetragen haben, nur du selbst nicht. Meinungen, Daten und Zahlen werden wie wild hin und her geworfen, während ich noch keinen Mucks von mir gegeben habe. Das ist der Punkt, der die optimale Gelegenheit für den Einwurf: "Leute, Leute, können wir uns bitte mal aufs Wesentliche besinnen?" Alle Augen werden sich euch zuwenden und eure magische Fähigkeit bewundern, das Stimmengewirr zum Verstummen zu bringen. Schnell noch diesen Satz nachwerfen: "Welches Problem versuchen wir hier eigentlich zu lösen?" Bang! Ich hab mir eine weitere Stunde verschafft, in der ich intelligent wirke.

4. Permanentes Nicken, während ich so tu, als würde ich Notizen aufschreiben

Es ist wirklich fast Pflicht, einen Notizblock dabeizuhaben. Ehrfürchtig wird die Gruppe deine Ablehnung gegenüber der Technik bewundern. Ich mach mir zum Beispiel Notizen, indem ich einfach ein beliebiges Wort jedes Satzes, den ich höre, aufschreibe. Dabei nicke ich permanent. Wenn ich gefragt werde, ob ich mir Notizen machen, erwidere ich schnell, dass es sich dabei um meine persönlichen Notizen handeln, es aber eine gute Idee wäre, wenn jemand anderes das Meeting genau protokolliert. Nach dieser Finte kostet es mich meistens große Beherrschung, mir nicht selber auf die Schulter zu klopfen. Denn mit diesem Trick rette ich mir selbst den Hintern und bewahre mich davor, Extra-Arbeit machen zu müssen. Präziser gesagt, überhaupt irgendwelche Arbeit, wenn ich in Bestform bin.

5. Wiederhole die letzte Bemerkung der intelligentesten Person im Raum, aber ganz, ganz langsam

Nutze die Anfangszeit des Meetings dazu, zu erkunden, wer die intelligenteste Person im Raum ist. Mit der Zeit entwickelt man ein besonderes Gespür für Intelligenz und die Suche lauft bald ganz wie von selbst ab. Wenn ich die intelligenteste Person nun also gefunden habe, präge ich mir genau ihren Namen ein. Die intelligente Person wird die meiste Zeit des Meetings über vollkommen still sein, aber dann, wenn ihr Moment gekommen ist, ist jede Äußerungen von unglaublicher Brillanz. Wenn diese göttlichen Worte verkündet sind, werfe ich einfach Folgendes ein: "Lass mich das kurz wiederholen" und dann wiederhole ich genau das, was die Intelligentsperson gerade gesagt hat, nur ganz, ganz langsam. Wie ein Wunder geht die Brillanz dadurch auf mich über.

6. Egal worum es geht, wirf die Frage "Wird sich das skalieren lassen?" ein

Im Big Business ist es immer wichtig herauszufinden, ob sich die Dinge auch skalieren lassen, egal was da genau diskutiert wird. Keiner weiß so recht, was das überhaupt heißen soll.

Skalieren. Aber das macht nichts, denn es ist eine tolle Frage, die sich in jeder beliebigen Situationen einwerfen lässt.

7. Im Raum auf und ab gehen

Stell dir vor: Jemand erhebt sich vom Tisch und läuft auf und ab. Respektierst du ihn dann nicht sofort? Bei mir selbst ruft es jedenfalls sofort Respekt hervor. Es gehört einiges an Mut dazu, aber wenn du dich traust, wirkst du mit diesem einfachen Mittel sofort intelligenter. Verschränke die Arme hinter deinem Körper. Laufe auf, laufe ab, laufe kreuz und quer. Such dir eine Ecke und lehne dich an die Wand. Seufze tief und nachdenklich. Vertrau mir, wenn ich diesen Schritt durchführe, machen sich alle fast vor Neugier auf das, was ich gerade denke, in die Hosen. Wenn sie es nur wüssten (an eine köstliche Curry Wurst).

8. Bitte die Vortragenden, eine Folie zurückzugehen

"Entschuldigung bitte, könntet ihr eine Folie zurückgehen?" Das sind die sieben Worte, die kein Vortragender hören möchte. Wieder ist es dabei völlig egal, an welchem Punkt der Präsentation ich das rufe, es lässt mich sofort aufmerksamer als alle anderen wirken, weil sie haben offensichtlich eindeutig verpasst, worauf ich jetzt gleich brillant hinweisen werde. Es gibt nichts, worauf ich hinweisen könnte? Kein Problem! In dem Fall sag ich einfach etwas wie "Ich bin mir nicht sicher, was diese Zahlen bedeuten" und lehne mich zurück. Nicht nur bin ich für das restliche Meeting der Aufmerksame, ich wirke so außerdem intelligent.

9. Rausgehen, um einen wichtigen Anruf zu tätigen

Wahrscheinlich spürt auch ihr einen inneren Widerstand, den Raum einfach zu verlassen, vermutlich befürchtet auch ihr, dass die anderen den Eindruck gewinnen könnten, dass das Meeting für euch keine Priorität hat. Interessanterweise aber ist es so, dass sie, wenn ich das Meeting für einen "wichtigen" Anruf verlasse, erst merken, wie beschäftigt und wichtig ich eigentlich bin. Sie werden sagen: "Wow, dieses Meeting ist so wichtig, wenn er noch wichtigere Dinge zu tun hat, dürfen wir ihn wirklich nicht stören."

10. Sich über mich selbst lustig machen

Das ist meine persönliche Lieblingsmethode. Wenn mich jemand nach meiner Meinung fragt, bin ich ehrlich und sage so etwas wie: "Ehrlich, ich hab seit einer Stunde nicht mehr zugehört." Die Leute lieben selbstironischen Humor. Des Weiteren eignen sich noch Sätze wie: "Vielleicht können wir Udo Walz damit beauftragen" oder "Gott, ich wünschte, es wäre Feierabend." Die anderen werden lachen, deine Ehrlichkeit zu schätzen wissen, in Erwägung ziehen, die Personalabteilung zu informieren, aber – und das ist das Allerwichtigste – sie werden denken, dass du von allen im Raum am intelligentesten aussiehst.

Mein Bagger

Alles begann mit einem kleinen Witz. Haha, ich, Joko, hab soviel Geld, dass ich mir einfach einen Bagger kauf. Doch was als halber Witz begann, wurde bald voller Ernst. Gerade im Berliner Verkehr hat ein Bagger bemerkenswerte Vorteile. Keine Parklücke frei? Kein Problem, baggere ich mir eben eine frei.

Als die Entscheidung für den Bagger-Kauf feststand, machte ich mich auf, um verschiedene Bagger zu besichtigen. Das kann man sich genauso vorstellen, wie beim Autokauf. Ich drehte ein paar Runden um die guten Stücke. Tat so, als würde ich mich auskennen, warf ein paar Fakten ein, die ich auf dem Weg auf Wikipedia gelesen hatte. Abschließend gab ich dem jeweiligen Bagger fachmännisch einen sanften Fußtritt, um dessen Stabilität zu testen.

Ich entschied mich schlussendlich für den praktischen Kurzheckbagger Volvo ECR40D. "Kompakt und wendig", so der berechtigte Werbeclaim.

"Mit dem Kompaktbagger ECR40D mit kurzem Schwenkradius arbeiten Sie mit höherer Sicherheit und Leistung. Seine intelligente Bauweise und die fortschrittlichen Funktionen sorgen für ein Maximum an Komfort, Leistung und Vielseitigkeit. Dank der Wartungsfreundlichkeit, Flexibilität und hohen Effizienz sowie der präzisen Bedienung arbeiten Sie in verschiedenen Anwendungen noch produktiver.", die Beschreibung auf der Volvo Website überzeugte mich endgültig.

23 KW Bruttoleistung, machen ein gemächliches Cruisen durch Berlin möglich. Wenn Matti und ich ausgehen, nehmen wir immer meinen Bagger. Wenn uns wer blöd kommt, wird er einfach weggebaggert. Vor Berlin gibt es ein paar prima Schottergruben. An Wochenenden fahre ich gerne dorthin und tobe mich aus. Das Baggern ist für mich mittlerweile zu einer meiner größten Freuden geworden. Mit kindlicher Begeisterung wühle ich mich durch Schotter, Sand und Kies. Auch bei Kindern kommt mein Bagger megagut an. Letztes Jahr flog ich im Sommer ans Meer, meinen Bagger natürlich mit im Gepäck.

Die Vorteile meines Baggers zeigten sich bereits am Flughafen. Während die anderen Touristen noch darauf warteten, bis einer der Busse sie zu ihrem jeweiligen Hotel brachte, nahm ich mit meinem Bagger entspannt Kurs auf mein Hotel. Dort war ich in der folgenden Woche überhaupt der King. Während die anderen Kinder mit ihren lächerlich kleinen, bunten Schaufeln mühevoll ihre Zwergburgen bauten, baggerte ich mir ein wahres Wunderwerk einer Sandburg. Sie war sogar begehbar und neben meiner Burg baggerte ich mir gleich noch ein Jacuzzi.

Ich hab mir fest vorgenommen, heuer gar kein Hotel mehr zu buchen. Da baggere ich mir lieber gleich ein eigenes.

Musikgeschmack

Musik ist immer schon ein wichtiger Teil in meinem Leben gewesen. Nicht umsonst verbrachte ich einen Teil meiner erfolgreichen Fernsehkarriere bei MTV. Früher würde ich meinen Musikgeschmack als ganz gewöhnlich bezeichnen. Ich gehörte sicher nicht zu diesen Pseudoindividualisten, die auf die Frage, welche Musik sie denn gerne hören, mit so einem Schwachsinn wie Indie Pop oder Ähnlichem antworten. Nein, ich hörte gerne Charts. Was einfach jeder hört, nur es zuzugeben trauen sich die meisten nicht.

Seit ich aber reich bin, empfinde ich den Genuss von einfacher Pop und Radio Chart Musik nicht mehr als standesgemäß. An dem Tag, an dem auf meinem Konto zum ersten Mal eine siebenstellige Zahl aufschien, beschloss ich meinen Musikgeschmack meinem Reichtum anzupassen. Ich warf also meine vollständige Sammlung Bravo Hits CDs in den Mülleimer und rief meinen Freund Udo an.

Udo Walz gehört zu den mit Abstand freundlichsten Menschen, die ich kenne. Diese Verkörperung eines alten

Opas, dessen Mindset aber noch völlig dem eines entspannten Jugendlichen entspricht, hat mich schon immer fasziniert. Oft treffen wir uns naheliegenderweise beim Haareschneiden. Es kommt aber genauso vor, dass wir einfach abhängen. Udo Walz ist durchaus so etwas wie mein Mentor. So war er beispielsweise schon lange vor mir reich. An dem Tag, an dem ich auch zum Millionär wurde, rief ich ihn also an und schilderte ihm mein Problem. "Mensch Udo, ich bin jetzt reich. Ich weiß nicht mehr, was für Musik ich hören soll!" "Kein Problem Digga, ich hol dich ab. Zieh dich schön an. #richpeopleculturenight", antwortete mir Udo.

Am Abend fuhr eine dunkle Stretch Limo vor, Udo hatte ein paar Freunde mitgebracht. Der Champagner floss bereits in von mir bisher noch nie gesehenen Mengen. "Wir fahren heute in die Oper, Joko.", weihte mich Udo ein. Welch geniale, einfache Lösung. Natürlich. Oper! Tschüss Beyonce, Rihanna und Miley. Hallo Mozart, Verdi, Wagner.
Ich war nun also Teil jener Auserwählten, die ihre Ohren mit nichts Minderem als diesen Klängen jener alten Meister füttern.

Anfangs verstand ich wenig und das ohrenbetäubende, stundenlange Singsang veranlasste mein Gehör eher dazu zu pfeifen, als zu genießen. "Udo, ich versteh nichts", jammerte ich. "Aber das ist doch klar Joko, die singen ja auf Italienisch", lachte Udo väterlich und nahm mich behütend in den Arm. Aha, schon hatte ich etwas gelernt. Mit dem Wissen konnte ich bestimmt am nächsten Tag bei Klaas angeben.

Auch wenn es für mich durchaus kein einfacher Umstieg war, vermisse ich Chart Musik immer seltener. Das einzige, was ich mir noch erlaube, ist "Lachen Weinen Tanzen". Das zählt aber auch nicht zu Chart Musik. Immer wenn Matti im Auto sitzt, lege ich ihm zuliebe seine CD ein und tu so, als ob sie mir gefällt. Wenn ich leise zu summen beginne, überschlägt sich Matthias fast vor Freude. "Echt geil, oder?", jauchzt er dann immer. Dann schließt er die Augen und singt leise mit. Ich lasse ihm die Freude gerne. In der Oper gefällt es mir inzwischen unheimlich gut. In den Logen der verschiedenen Musikhäuser bewege ich mich nun schon wie selbstverständlich unter Großindustriellen, Bankern, Doktoren und all den anderen Carsten Maschmeyers dieser Welt.

Wie ich zum Fernsehen kam

Meine Karriere beim Fernsehen begann weitaus früher, als die meisten Leute denken. Meinen Durchbruch hatte ich nämlich bereits mit fünf Jahren bei der landesweit bekannten Sendung "1, 2 oder 3". Dort hatte ich den Posten des Kamerakindes inne. Bis mir mit MTV Home der absolute Durchbruch vor der Kamera gelang, sollten zwar einige weitere Jahre ins Land ziehen, doch mein Wunsch Fernsehstar zu werden rührt aus dieser Zeit her.

Ohne mir groß etwas dabei zu denken, bewarb ich mich mit fünf also als Kamerakind bei "1,2, oder 3". Ich hüpfte vor Freude auf und ab, nachdem ich die Zusage bekommen hatte. Fernsehen war für mich völliges Neuland. Mit großen Augen beobachtete ich das hektische Treiben am Set. Ich bewunderte Michael Schanze, den damaligen Moderator, wie er voller Eleganz durchs Studio schritt und eloquent durch die Sendung führte.

"Du musst der Joko sein, unser Kamerakind. Freut mich, ich bin der Michi", begrüßte er mich freundlich. Er schüttelte meine vor Aufregung leicht zitternde Hand. Kein Wort brachte ich heraus. "Wahnsinn! Der kleine Joko auf Du und Du mit solch berühmten Stars wie dem Michael Schanze", dachte ich mir.

Am Anfang war mein Bild zugegebenermaßen noch leicht verwackelt. "Kamerakind: Joachim", war zu lesen, als ich mir später, wieder zu Hause, voller Stolz die Aufzeichnung der Sendung anschaute. Im Laufe der Sendung wurde ich aber immer selbstbewusster und mein Bild damit zunehmend stabiler.

Nur einen brenzligen Moment gab es noch. Als Kamerakind hatte ich einen Freund oder eine Freundin als Begleitung mitbringen dürfen. Da ich damals, auch wenn ich das natürlich niemals offen zugegeben hätte, bis über beide Ohren in Marie Buschmann verliebt war, nahm ich sie mit. Schließlich erhoffte ich mir insgeheim, sie mit meinem großen Auftritt zu beeindrucken. Als ich vor der Sendung Backstage gefragt wurde, ob ich den irgendeinen Wunsch hätte, bestellte ich eine riesengroße, wolkige, rosa Zuckerwatte. Marie freute sich total über mein Geschenk. Völlig uneigennützig war mein

Präsent aber auch nicht. Denn ich hoffte, sie mit der Zuckerwatte später leichter im Publikum finden zu können.

Mitten in der Sendung, Michael war gerade dabei, den Kindern eine Frage zu stellen, schweifte ich mit der Kamera durchs Publikum. Wo war sie denn die Marie? Es dauerte etwas bis ich sie mit der Kamera eingefangen hatte. Rechts hinten saß sie. Oh, wie schön sie doch war. Ich verharrte mit der Kamera auf Marie. Wohl etwas zu lange. "Na die gefällt dir aber gut", rief mir Michael augenzwinkernd zu. "Wenn du die junge Dame ausreichend gefilmt hast, wärs lieb, wenn du wieder mich filmst." "Oh Gott", dachte ich. Ich fühlte, wie sich mein Kopf tomatenrot färbte. Zum Glück setzte Michael umgehend damit fort, die Frage zu stellen. Bei der Aufzeichnung sieht man nur ganz kurz mein knallrotes Gesicht. Mit Marie hab ich über diesen Vorfall danach nicht geredet, ihr Gesicht war nämlich ganz in der Zuckerwatte vergraben. Ich glaube, sie hat es auch gar nicht mitbekommen.

Celebrity Crush

Vielleicht ist es für die aufmerksamen Zuschauer keine Überraschung. Dennoch gebe ich nun ein Geheimnis Preis, dass durchaus eine Enthüllung von Brisanz darstellt. Ich habe einen Celebrity Crush: Cobie Smulders. Es wundert mich zwar durchaus, dass so etwas genau mir passiert. Schließlich bewege ich mich mittlerweile schon seit einiger Zeit in den Kreisen absoluter A Prominenz. Gegen seine Gefühle kann aber offensichtlich selbst ein Star wie ich, Joko, nichts machen.

Es begann natürlich mit "How I Met Your Mother". Wie damals alle, habe ich die Serie auf und ab binge gewatcht. Dabei muss es irgendwann Klick gemacht haben. Ihre anmutige Gestalt, die Art wie sie spricht und sich bewegt, ihr einnehmendes Lachen, ihr makelloses Gesicht, ihre sympathische, kanadische Herkunft. Es war irgendwann einfach um mich geschehen. Ihr könnt euch also sicher vorstellen, wie aufgeregt ich war, als ich sie für einen Circus HalliGalli Beitrag interviewen durfte.

Joko meets Cobie

Meine Hände schwitzen leicht, mein Herz pocht wie wild. Indem ich pfeife, versuche ich so lässig wie möglich zu wirken, was mir bedingt auch gelingt. Hastig verteile ich goldene Glitzerdeko über den Tisch, der vor mir liegt. Treffe ich wirklich gleich Cobie Smulders? Darf ich wirklich ein Interview mit ihr führen? Oder ist es doch wieder nur ein Streich von Klaas? Ich beschließe eine Runde Push-Up T-Rex zu spielen, um mich abzulenken. Weil Cobie immer noch nicht da ist, mache ich selber ein paar Liegestütze. "Sie kommt", ruft Frank Tonmann mir zu. Mitten in der Liegestützbewegung kann ich mich nicht mehr halten und knalle mit der Nase auf den Boden. Für Schmerz ist jetzt allerdings keine Zeit. Cobie ist da.

Ich streiche mein Sakko glatt und klopfe an die Tür des Raums, in dem Cobie anscheinend bereits auf mich wartet. Die Tür geht auf, mein Atem stockt. Vor mir steht die schönste Frau, die ich in meinem bisherigen Leben interviewen durfte. All die witzigen Sprüche und intelligenten Sätze, die ich mir im Vorhinein überlegt hatte, fallen wie ein Kartenhaus in sich zusammen. Ich erinnere mich nicht mal daran, was ich ihr zur Begrüßung sagen wollte. Dabei hatte ich mir so einen schönen Satz überlegt.

Ich stammle ein paar Wörter hervor. Dass ich ein Vertreter von Circus HalliGalli bin und für ein Interview da sei. Cobie scheint von all dem komplett überrumpelt. Sie behauptet, in keiner Weise von einem Interview zu wissen. Meine Aufregung wird dadurch natürlich eher mehr als weniger. Ich muss schlucken. Etwas umständlich beförderte ich den Koffer ins Zimmer. Cobie will die Tür schon schließen, aber die beiden Circus HalliGalli Wappen sind noch draußen. Ich drücke mich an Cobie vorbei. Wahnsinn, wie gut sie riecht. Endlich sind die beiden Wappen auch im Raum. "Ah", seufze ich erleichtert. Die erste Hürde ist überwunden. "Was war nochmal dein Name?", fragt mich Cobie. "Spitze, da musst du bis jetzt ja ganz besonders brilliert haben, wenn sie sich nicht einmal deinen Namen merkt", denke ich. "Joko", antworte ich ihr und versuche ein Lächeln.

Reiß dich zusammen Junge. Ich versuche so schnell wie möglich vom holprigen Beginn unseres Treffens abzulenken.

Weil Cobie gerade einen neuen Film bewirbt säusle ich, dass ich bereits einige Ausschnitte sehen durfte und ich ganz fasziniert bin davon, dass sie so toughe Kampfszenen macht. Sie scheint meine Strategie sofort zu durchschauen und kann ein Schmunzeln, noch während ich beim Stellen der Frage bin, kaum unterdrücken. Aus Höflichkeit gibt sie mir aber dennoch eine passable Antwort. Vielleicht wird es ja doch noch was, mit unserem Interview. Nun beginnt sie damit, mir das standardmäßige Marketing Blabla über ihren Film zu erzählen. Währenddessen freue ich mich schon auf den nächsten Schritt. Offiziell läuft das ganze ja unter dem Motto "Cobie überreden, dass sie Circus HalliGalli besucht". Deswegen habe ich einige bekannte Features der Sendung im Gepäck. Da ich richtigerweise davon ausgegangen bin, ziemlich viel Blödsinn zu reden, habe ich den Idiomat 3000 mitgebracht.

Das Gerät, das einem das Selbstgesagt zeitverzögert ins Ohr wiedergibt, wodurch es ungleich komplizierter ist, sinnvolle Sätze zu formen. Wenn ich schon Blödsinn rede, dann wenigstens Cobie auch auf mein Niveau bringen. Ich packe den Idiomat also aus und gebe Cobie ein Paar Kopfhörer.

Mein Selbstvertrauen ist durch den Anblick des Idiomats wohl aber etwas zu viel in die Höhe geschossen, denn beim Überreichen des Headsets lasse ich mich zu einem Macho-Spruch hinreißen, bei dem ich mir bereits im Moment des Aussprechens am liebsten selbst in den Hintern beißen würde. Zwei Idiomat Kopfhörer habe ich mitgebracht und überreiche Cobie ihren mit den Worten: "Du bekommst die zweier Kopfhörer, weil ich bin immer Nummer eins."

Schnell trete ich den Rückzug zu meiner Seite des Tisches an. Das wird jetzt mein Teil, jetzt kann ich aufblühen. It's Showtime, Joko. Ich drücke auf ein paar der lustigen Knöpfchen des selbstgebastelten Idiomaten und tue so, als würde ich ihn in Betrieb nehmen. Frauen mögen doch Humor und Humor ist meine Stärke. Auf dem Gefilde des Klamauks fühlte ich mich sofort wesentlich selbstsicherer. Ich beginne mit der ersten Frage und siehe da, mitten im Satz fängt Cobie schon beherzt zu lachen an. Der Idiomat 3000 hat seine Aufgabe also mit Bravour erfüllt. Triumph! Cobie macht es nun richtig Spaß, sie schlägt sogar vor, einen Song zu singen. Textsicher, wie ich bin, gelingt es uns gemeinsam "Twinkle,

Twinkle" zu trällern. "Success", lacht Cobie. Ja, das war jetzt wirklich ein Erfolg.

Ich traue mich sogar wieder, mich ihr zu nähern. Wenn du es als Mann schaffst eine persönliche Verbindung zwischen der Frau und dir herzustellen, hast du schon fast gewonnen. Ich überlege. Cobie kommt doch aus Kanada. Da war ich doch auch schon. Ich erzähle ihr also die Geschichte, wie ich mir in Vancouver die Lippen zunähen ließ. Mit der Geschichte aber erziele ich nicht den gewünschten Effekt. "Was?! Warum macht man so etwas?", blickt mich Cobie entsetzt an. Irgendwie muss ich noch die Kurve kriegen. Die Interviewzeit läuft bald ab. Ich beschwichtige sie, dass das Teil einer anderen Show war. Sie wirkt erleichtert und will nun doch mehr über mein Erlebnis in Vancouver erfahren. Diese Chance ergreife ich beim Schopf. Ich erkläre ihr, dass ich die restliche Geschichte nur erzählen kann, wenn sie zu Circus HalliGalli kommt. Jetzt hab ich sie am Haken. "Kommst du also oder kommst du nicht?", frag ich sie den Kopf schief legend. So aus der Nähe seh ich einfach zu genau, wie gut sie ausschaut. Wieder läuft mein Gesicht leicht rot an. Aber ich hab Glück. "Ja, ich komm", willigt Cobie ein. Zum Abschluss küsse ich noch ihre Hand. Warum genau ich das tue kann ich mir selbst nicht vernünftig erklären. Jedenfalls nimmt Cobie es mit Humor und erwidert meinen Abschied, indem sie auch meine Hand küsst.

Das ist der schönste Moment, seit ich mich mit Klaas gemeinsam auf jene Reise quer durch die deutsche TV Landschaft aufgemacht hatte. Ich weiß: Jetzt bin ich an der Spitze des deutschen Fernseholymps angekommen.

Mein geheimes Hobby

Auch ein berühmter Fernsehstar wie ich, der ständig in der Öffentlichkeit steht, hat seine kleinen Geheimnisse. Eines davon werde ich jetzt lüften. Was macht eine so bekannte Persönlichkeit wie Joko Winterscheidt privat? Diese Frage stellen sich sicher viele von euch. Ich verrate es euch: Mandalas ausmalen. Ich hab in meinem Rucksack immer eine Packung Buntstifte und mindestens einen Block Mandalas mit dabei. Kaum etwas entspannt mich so sehr, wie - begleitet von klassischer Opernmusik - Mandalas mit bunten Farben auszumalen. Weil ihr wirklich treue Leser und einfach tolle Fans seid, stelle ich euch auf den nächsten Seiten meine Lieblings-Mandalas vor. Wenn ihr wollt, könnt ihr die natürlich ausmalen und euch dabei ganz wie Joko fühlen.

2 mehr wie Klaas

Mann, ganz schön viel Arbeit, so eine Biographie zu schreiben.

Ich

könnte

die

Sätze

auch

so

schreiben.

Nein, das mach ich lieber nicht. Wisst ihr was, ich machs einfach wie der Klaas. Wie dem nichts mehr eingefallen ist, hat er einfach ein paar Seiten für eigene Notizen freigelassen. Das mach ich jetzt auch. Bei Klaas waren das glaub ich 118 Seiten. Da werd ich jetzt nicht geizen. Von mir bekommt ihr 120. Und weil weiße Seiten alleine zu langweilig sind, gebe ich euch gleich auch noch Zeilen dazu.

Jokos verschollenes Freundschaftsbuch

Mein Steckbrief

Name: Joko Winterscheidt

Beruf: Moderator,Unternehmer,Journalist,Schauspieler

Geburtstag: 13.01.1979

Sternzeichen: Steinbock

Geburtsort: Mönchengladbach / Nordrhein-Westfalen

Staatsangehörigkeit: Bundesrepublik Deutschland

Größe: 190 cm

Geschlecht: männlich

Spitzname: Joko, Gurki, Winti

Links: twitter.com/officiallyjoko

Name: Klaas

Spitzname: Zwergi, Klaus

Mein Geburtstag: 22. September

Sternzeichen: Jungfrau (Anmerkung Joko: hihi)

Wenn ich groß bin, will ich gross (mindestens 3 Meter) werden.

Meine Lieblingsfarbe: Gold

Meine Lieblingsband: Meine Mama hat mir zu Weihnachten so ein tolles Geschenk gemacht. Auf dem Band waren lauter kleine, niedliche Rentiere drauf. Das fand ich gut.

Mein allergrößter Wunsch: Ich mag wirklich gerne gross werden. Wenn ich nicht gross werde, dann Friseur. Ein richtig guter Friseur, wie der Udo.

Name: *Palina*

Spitzname: *Rotköpfchen, White Russian, Pali*

Mein Geburtstag: *21. April*

Sternzeichen: *Stier*

Wenn ich groß bin, will ich *Einhorn-Reiterin oder Ballerina* werden.

Meine Lieblingsfarbe: *Gold, so färbe ich mein erstes Auto ein*

Meine Lieblingsband: *Am liebsten hab ich die Musik, die beim Ballett immer im Hintergrund läuft.*

Mein allergrößter Wunsch: *Nächstes Jahr mag ich im Schultheater Pipi Langstrumpf spielen. Und wenn ich genug Geld hab, kauf ich mir einen goldenen Porsche.*

Name: matthias

Spitzname: matti, matzepopatze, schnapsdrossel, fickfrosch, arschpalter

Mein Geburtstag: 11.marz

Sternzeichen: fisch

Wenn ich groß bin, will ich schauspieler, synchronsprecher, regisseur, produzent und sanger werden. oder polizist

Meine Lieblingsfarbe: bunt

Meine Lieblingsband: matthias reim - verdammt ich lieb dich

Mein allergrößter Wunsch: ich hoffe, dass ich als mann einen dicken vollbart bekomme. weil dann kann ich immer, wenn ich will, weihnachtsmann spielen :)

Name: *Sabine*

Spitzname: *Sabine*

Mein Geburtstag: *8. April*

Sternzeichen: *Widder*

Wenn ich groß bin, will ich *einfach Zufrieden sein, oder Friseurin*

werden.

Meine Lieblingsfarbe: *wat weeß ick*

Meine Lieblingsband: *Chris Norman ♡*

Mein allergrößter Wunsch:

Wenn ich groß bin möchte ich mal in der Kita aufräumen. Die anderen lassen ständig alles liegen, ich habs aber lieber sauber.

Name: Oliver

Spitzname: Olli

Mein Geburtstag: 15.Okt.

Sternzeichen: Waage

Wenn ich groß bin, will ich Rockstar werden.

Meine Lieblingsfarbe: Grau

Meine Lieblingsband: Udo Lindenberg, Heino

Mein allergrößter Wunsch: zum Geburtstag mag ich eine schi..., eine schild..., eine schildkr.. Mann, ich weiss nicht wie man das schreibt. Will ich halt einen Hamster.

Printed in Poland
by Amazon Fulfillment
Poland Sp. z o.o., Wrocław

86973723R10117